Reinhard Abeln

# Ich rufe dich bei deinem Namen

Segenswünsche zum Namenstag

3. Auflage 2010

Hauptstr. 22, D-88353 Kißlegg
Gestaltung: Manuel Kimmerle
Druck: orthdruk, Bialystok (Polen)
ISBN 978-3-939684-38-1

Printed in Poland

Reinhard Abeln

# Ich rufe dich bei deinem Namen

Segenswünsche zum Namenstag

fe

Zum „Tag des Namens“
einen aufrichtigen und herzlichen Glückwunsch!

# *Wir feiern unseren Namen*

Der Namenstag ist ein Erinnerungstag an die Taufe, die wir empfangen haben und durch die wir Christen geworden sind. Wir feiern an diesem Tag den Namen, den wir tragen.

In einem überlieferten Kindergebet heißt es: „Lieber Gott, seit meiner Taufe trage ich meinen Vornamen. Seitdem gehöre ich dir ganz besonders. Ich danke dir, dass ich Christ sein darf. Ich möchte dich von Jahr zu Jahr mehr lieb gewinnen."

Es ist also etwas Besonderes um den Vornamen, den uns unsere Eltern gegeben haben. Dieser Name ist etwas, was ganz uns gehört. Durch diesen Namen sind wir bei allen, die uns kennen, bekannt und anerkannt.

Wenn wir unseren Namen hören, drehen wir uns um und schauen, wer uns ruft. Wir und unser Name – wir sind nicht voneinander zu trennen. Mit unserem Vornamen müssen wir ein Leben lang leben.

# *Das hohe Gut des Namens*

Guter Nam' und Redlichkeit übertrifft den Reichtum weit.
*Alter Spruch*

Bei vielen Leuten ist nur der Name etwas wert.
*Jean de La Bruyére*

Wer einen schlechten Namen hat, ist halb gehangen.
*Galizisches Sprichwort*

Wer dem andern seinen guten Namen raubt, macht ihn arm und bereichert sich nicht.
*Altes Sprichwort*

# „Das bin ich! So heiße ich!“

Georg Moser, früherer Bischof der Diözese Rottenburg-Stuttgart, schreibt in seiner lesenswerten, aber längst vergriffenen Schrift „Kronzeugen der Freiheit“ (Über die Verehrung der Heiligen) über die Unverwechselbarkeit und Einmaligkeit unseres Namens:

„Jedem Kind macht sein Name einen tiefen Eindruck. Wir alle entsinnen uns noch lebhaft, wie wir stolz und geradezu andächtig unseren Vornamen Franz oder Martin, Maria oder Johanna mit wackligen Großbuchstaben zum ersten Mal auf ein Papier malten.

Das bin ich! So heiße ich!, dachten wir erstaunt und seltsam bewegt. Ahnend begriffen wir damals, dass wir eine unverwechselbare, einmalige Person sind, die einen eigenen Namen trägt“ (Johannes-Verlag, Leutesdorf 1968, S. 53).

# *Einen Namen haben heißt …*

Leider hat der Name in unseren Tagen an Würde und Gewicht verloren. Pferde, Kühe, Katzen und Kanarienvögel haben einen Namen. Wie oft wird unser Name bis zur Unkenntlichkeit verkürzt, entstellt!

Bisweilen verschwindet der Name ganz, er wird ausgewechselt. Aus Maria wird „Mia“, aus Edelgard wird „Gartl“, aus Konrad entsteht allmählich „Konne“.

In einem Krankenhaus kann man gelegentlich erleben, wie jemand nicht mehr weiß, wie er heißt. Das macht nachdenklich und traurig.

Einen Namen haben heißt: aus einer Reihe heraustreten, an deren Spitze einer steht, der auch so geheißen hat und der vom Geheiß Gottes getragen war.

So weist der Name zurück in die Vergangenheit, in der der erste Namensträger lebte und litt.

# Der Name macht uns einmalig

Der Name verpflichtet. „Elisabeth oder Franz oder Bernhard zu heißen, Maria oder Josef, diese und alle anderen Heiligennamen verpflichten wie ein Wappen“, sagt die bekannte Schriftstellerin Ida Friederike Görres (1901–1971).

Der Name (Vor- und Zuname) macht den Menschen einmalig, unauswechselbar. Deswegen hat der Namensträger auch einen Anspruch darauf, dass sein Name richtig geschrieben wird.

Kosenamen sind verständlich. Wird die Verkleinerungsform „le“ angefügt, dann ist das bisweilen drollig. Nicht jeder Friedrich möchte allerdings, zumal bei einem offiziellen Anlass, mit „Fritzle“ angeredet werden.

Der Namenstag lädt uns ein, ein wenig über unseren Namen nachzudenken.

# *Sei besorgt um deinen Namen*

Ein Hauch ist der Mensch
dem Leibe nach,
doch der Name des Frommen
wird nicht getilgt.
Sei besorgt
um deinen Namen;
denn er begleitet dich
treuer als tausend
kostbare Schätze.
Das Gut des Lebens
währt zählbare Tage,
das Gut des Namens
unzählige Tage.

*Buch Jesus Sirach 41,11–13*

# „Du hast einen schönen Namen“

Der einer Person eigene Name ist nicht nur Zufall. Jede Namensgebung hat ihre Geschichte, und jeder Name selbst hat eine Geschichte, an der man nicht achtlos vorbeigehen sollte.

Der Name ist ein wichtiger Teil unserer Persönlichkeit. Ein Kind, das seinen Namen nennt, strahlt, wenn man ihm sagt: „Du hast aber einen schönen Namen.“

In der Vorrede zu Martin Luthers „Namen-Büchlein“ steht: „Es sollen die Eltern ihren Kindern schöne Namen geben lassen, dabei sie sich jederzeit der Tugend erinnern möchten. Denn die Namen bringen oft Ehr, und wenn man die Kinder damit nennet, so erfreut es sie und werden dem, so sie nennet, desto mehr gewogen.“

# *Wünsche zum Namenstag*

Es ist so viel, was ich Ihnen zum Namenstag wünsche:

Ich wünsche Ihnen, dass Sie zu sich selber gut sind, dass Sie an das Gute in Ihnen und an sich selbst glauben.

Ich wünsche Ihnen, dass Sie Ihr Leben leben, dass eine Dummheit oder ein Fehltritt noch lange kein Weltuntergang ist (weil Gott auch auf krummen Linien gerade schreiben kann), dass Sie sich nicht ständig mit anderen vergleichen, sondern immer wieder denken: „Sei du – Du!"

Ich wünsche Ihnen, dass Sie sich nicht überfordern, nur das Mögliche tun und das Unmögliche getrost Gott überlassen!

Ich wünsche Ihnen, dass Sie gute Freunde haben, die da sind, wenn Sie sie brauchen; die sich zurückziehen, wenn Sie allein sein wollen.

*Einen Tag lang ungestört*
*in Muße zu verleben, heißt,*
*einen Tag lang ein*
*Unsterblicher zu sein.*

*Aus China*

# *Liebes Namenstagskind …*

Freue dich deines Lebens,
denk oft, dass du bist und lebst
und dass dir wohl ist auf Erden.
Wenn dir die frohe Sonne am Morgen aufgeht,
wenn du am Abend
beim Mond- und Sternenschein
einsam an Gott denkst –
und in den Freuden der Ernte
und in der Lust der Winterspiele,
denk oft und warm,
dass du bist und lebst
und auf der schönen Erde
Wonne für Wonne trinkst.

*Nach Johann Heinrich Pestalozzi*

# *Öffnen Sie Ihr Herz für die Freude!*

Öffnen Sie Ihr Herz für die Freude! Das gilt nicht nur für den Tag Ihres Namenstages. Das gilt für jeden Tag, den Gott Ihnen in Ihrem Leben schenkt.

Ohne Freude kann kein Mensch leben. Schon ein „bisschen Freude“ kann unser Leben verändern und bereichern. Das „bisschen“ ist oft so viel, dass wir lange davon zehren können. Ein lobendes Wort, ein Händedruck, eine Umarmung, ein freundliches Gesicht, eine gute Tat, die teilnehmende Frage: „Wie geht es dir?“ oder: „Hast du einen Wunsch?“ – diese und viele andere kleine Freuden können durch (fast) nichts in der Welt ersetzt werden. Sie sind oft wichtiger als ein gutes Mittagessen.

„Der Mensch ist geboren für die Freude“, sagt der französische Philosoph und Naturwissenschaftler Blaise Pascal (1623–1662), „er empfindet es und braucht dafür keinen Beweis.“

*Je froher dein Herz ist,*
*desto heller leuchtet die Sonne.*

*Romano Guardini*

# *Rezept für jeden Tag*

Ein Rezept für jeden Tag unseres Lebens hat uns Katharina-Elisabeth Goethe, die Mutter des berühmten Dichters, geschenkt:

„Man nehme 12 Stunden, putze sie ganz sauber von Bitterkeit, Geiz, Pedanterie und Angst, jede Stunde wird einzeln angerichtet aus 2 Teilen Arbeit und 1 Teil Frohsinn und Humor, man füge 3 Esslöffel Optimismus, 1 Teelöffel Toleranz, 1 Körnchen Ironie und 1 Prise Takt hinzu, dann wird die fertige Masse reichlich mit Liebe übergossen. Das fertige Gericht schmücke man mit Sträußchen kleiner Aufmerksamkeiten und serviere es stündlich mit Heiterkeit und hin und wieder mit einer guten Tasse Tee.“

Zwar kann man dieses Rezept nicht anwenden wie ein Backrezept für einen Kuchen, aber manche Zutat kann uns schon helfen. Wollen Sie es an Ihrem Namenstag einmal versuchen?

*Wir sollten jeden Tag*
*wie ein neues Leben beginnen.*

*Edith Stein*

# Worauf es ankommt

Worauf kommt es im Leben an? Wenn Sie sich anlässlich Ihres Namenstages diese Frage stellen, möchte ich Ihnen so antworten:

Es kommt nicht darauf an, geliebt zu werden,
sondern zu lieben.
Es kommt nicht darauf an, zu genießen,
sondern zu schenken.
Es kommt nicht darauf an, sich durchzusetzen,
sondern mit den Menschen gemeinsam unterwegs zu sein.
Es kommt nicht darauf an, Frieden zu erwarten,
sondern Frieden zu schaffen.
Es kommt nicht darauf an, alles zu kennen,
sondern das Erkannte zu tun.
Es kommt nicht darauf an, dass Gott tut, was ich will,
sondern dass ich tue, was Gott will.
Es kommt nicht darauf an, mein Leben durchzusetzen,
sondern mein Leben einzusetzen.
Es kommt nicht darauf an, was die Menschen von mir
denken, sondern was Gott von mir denkt.
Es kommt nicht darauf an, dem Leiden zu entgehen,
sondern das Leiden sinnvoll zu ertragen.
Es kommt nicht darauf an, wann ich sterbe,
sondern ob ich bereit bin, in Gott zu leben.

# Die Seele in die Sonne halten

Wir können von einem Eingeborenen Neuguineas lernen, von dem ein Missionar Folgendes erzählt:
Nach dem Sonntagsgottesdienst blieb dieser Christ immer noch lange am Boden knien. Er saß still da, hielt seine gekreuzten Hände auf der Brust und schaute zum Altar. Der Missionar war neugierig geworden und fragte ihn eines Tages, was er die ganze Zeit tue. „Ich halte meine Seele in die Sonne“, antwortete der Eingeborene lächelnd.

Wenn wir es dem Eingeborenen nachmachen, werden wir die Sonne in unserem Leben wieder neu entdecken. Sonne ist nur ein anderer Begriff für einen unerwarteten Besuch, einen lieben Gruß, ein freundliches Gesicht, einen schönen Blumengruß ...
Der Mensch ist kein Nachtschattengewächs, er braucht Sonne. Fehlt sie, wird alles in ihm und um ihn herum dunkel, öde und leer. Ohne Sonne gibt es kein Wachsen, kein Werden, kein Leben. Das gilt draußen für die Natur. Das gilt in besonderer Weise für den Menschen.

*Gott ist die Freude.*
*Darum hat er*
*die Sonne*
*vor sein Haus gestellt.*

*Franz von Assisi*

# Danke

Herr, ich danke dir für mein ganzes Leben,
für Licht und Schatten, für Freude und Leid,
denn ich brauche alles.
Danke für den Sonnenschein, aber auch für den Regen.
Die Sonne erwärmt mich,
und der Regen erfrischt mich.

Danke für das Lob,
aber auch danke für den Tadel.
Das Lob bestärkt mich,
und der Tadel berichtigt mich.

Danke für den Freund,
aber auch für den Feind.
Der Freund übt Nachsicht gegen mich,
und der Feind erfordert sie von mir.

Danke für die Gesundheit,
aber auch für die Krankheit.
Die Gesundheit schafft mir Möglichkeiten,
und die Krankheit zeigt mir Grenzen.

Danke für die Gemeinschaft,
aber auch für die Einsamkeit.
Die Gemeinschaft schenkt mir Menschen,
und in der Einsamkeit bist du.

Herr, du bist in allen Lebenslagen bei mir.
Dafür danke ich dir
an meinem Namenstag.

*Quelle unbekannt*

# *Offen für kleine Geschenke?*

Hat Ihnen jemand zum Namenstag vielleicht ein kleines Geschenk gemacht? Die Betonung liegt auf dem Wörtlein „klein“, nicht auf dem Wort „Geschenk“. Im Grunde freut man sich doch über jede kleine Aufmerksamkeit, die einem an diesem Tag von seiner Umgebung entgegengebracht wird.

Wir freuen uns über jedes Telefonat, über jeden Händedruck, über einen Brief oder eine Karte, über einen Blumenstrauß oder auch über eine einzige kleine Blume, kurzum über jeden Glückwunsch.

Auf diese Aufmerksamkeiten haben wir keinen Anspruch. Man kann sie weder „machen“ noch erzwingen. Sie sind in erster Linie ein Geschenk. Und für Geschenke sollten wir offen sein; wir sollten bereit sein, sie zu empfangen.

*Wer könnte atmen und leben,*
*wenn der Raum nicht mit Freude*
*und Liebe gefüllt wäre?*

*Rabidranath Tagore*

# Zum Namenstag meiner Enkelin

Der Bäcker bringt dir Kuchenbrot,
Der Schneider einen Mantel rot,
Der Kaufmann schickt dir, weiß und nett,
Ein Puppenkleid, ein Puppenbett
Und schickt auch eine Schachtel rund
Mit Schäfer und mit Schäferhund,
Mit Hürd' und Bäumchen, paarweis je,
Und mit sechs Schafen, weiß wie Schnee,
Und eine Lerche, tirili,
Seit Sonnenaufgang hör' ich sie,
Die singt und schmettert, was sie mag,
Zu meines Lieblings Namenstag.

*Theodor Fontane*

# Der gute Name – ein Kleinod

Wenn der Leib in Staub zerfallen,
lebt der große Name noch.

*Friedrich von Schiller (Gedichte: Das Siegesfest)*

Bei euch, ihr Herrn, kann man das Wesen
gewöhnlich aus dem Namen lesen.

*Johann Wolfgang von Goethe (Faust)*

Es kommt auf dieser Welt viel darauf an,
wie man heißt; der Name tut viel.

*Heinrich Heine (Reisebilder)*

Der gute Name ist bei Mann und Frau
das eigentliche Kleinod ihrer Seelen.

*William Shakespeare (Othello)*

# Die Wohltat der Taufe

Lasst uns die Wohltat recht ermessen,
die uns die Taufe zugewandt,
und nie, o Herr, den Bund vergessen,
der uns so fest mit dir verband.
Uns alle stärk zu neuer Treu',
dass über uns dein Friede sei!

*Altes Kirchenlied*

# In Erinnerung an die Taufe

Der Namenstag ist – wie oben erwähnt – ein Erinnerungstag an die Taufe.

Durch die Taufe wird ein Mensch Christ. Der Priester oder Diakon gießt dem Täufling – das kann ein Baby oder ein Erwachsener sein – Wasser über den Kopf und spricht: „Ich taufe dich im Namen des Vaters und des Sohnes und des Heiligen Geistes."

Mit der Taufe gehören wir zu Gott und zur Gemeinschaft der Kirche. Die Eltern und Paten versprechen bei der Taufe, dass sie den Täufling auf seinem Lebensweg begleiten wollen. Sie möchten dem Kind zeigen, wie man als Christ lebt. Und wie das geht, hat Jesus den Menschen vorgelebt.

Zur Taufe gehört nicht nur das Wasser, das in der Osternacht geweiht wird. Auch die Taufkerze ist ein wichtiges Zeichen. Sie wird an der Osterkerze entzündet. Die brennende Kerze erinnert daran, dass Jesus Christus das Licht der Welt ist. In diesem Licht dürfen wir leben und es weitergeben.

# *Bedeutsam sind die Namen*

Bedenk es wohl, eh du sie taufst!
Bedeutsam sind die Namen;
und fasse mir dein liebes Bild
nun in den rechten Rahmen.

Denn ob der Nam' den Menschen macht,
ob sich der Mensch den Namen,
das ist, weshalb mir oft, mein Freund,
bescheid'ne Zweifel kamen.

Eins aber weiß ich ganz gewiss,
bedeutsam sind die Namen!
So schickt für Mädchen Lisbeth sich,
Elisabeth für Damen;

auch fing sich oft ein Freier schon,
dem Fischbein gleich am Hamen,
an einem ambraduftigen,
klanghaften Mädchennamen.

*Theodor Storm*

# Johannes – Jakob – Nikolaus

„Da haben wir ihn endlich – endlich!“, rief der Vater und tat einen langen, erleichterten Atemzug, wie ein Mann, der langes, vergebliches Sehnen, schwere Arbeit, viele Mühen und Sorgen getragen hat und endlich glücklich zu einem glücklichen Ziel gekommen ist.

Mit klugen, glänzenden Augen sah er herab auf das unansehnliche, kümmerliche Stück Menschentum, welches ihm die Wehmutter in die Arme gelegt hatte, grad als die Feierabendglocke erklang. Eine Träne stahl sich über die hagere Backe des Mannes, und die scharfe, spitze, kluge väterliche Nase senkte sich immer tiefer gegen das unbedeutende, kaum erkennbare Näschen des Neugeborenen ...

Mit der hageren Hand fuhr sich der Vater über die hohe, furchenreiche Stirn und starrte einige Augenblicke durch das Fenster ins Weite. Dann sagte er:

„Getauft soll er werden auf drei Handwerksgenossen. *Johannes* soll er heißen wie der Poete in Nürnberg und *Jakob* wie der hochgelobte Philosophus von Görlitz, und wie zwei Flügel sollen ihm die beiden Namen sein, dass er damit aufsteige von der Erde zum blauen Himmel und sein Teil Licht nehme. Aber zum Dritten will ich ihn *Nikolaus* nennen, damit er immer wisse, dass er auf der Erde einen treuen Freund und Fürsorger habe, an welchen er sich halten kann, wenn ich nicht mehr vorhanden bin."

*Wilhelm Raabe*

# Ein gesegneter Name

Es ist schön, wenn Eltern ihrem Kind den gesegneten Namen Johannes geben. Bischof Georg Moser schreibt in der oben genannten Schrift über diesen Namen:

„Wie muss es ein Kind mit dem Namen Johannes beschäftigen, wenn wir ihm erzählen, dass der Täufer und der Lieblingsjünger Johannes hieß, welche anderen Heiligen diesen Namen ebenfalls getragen haben, zum Beispiel ein Pfarrer von Ars, und wie sich dieser gesegnete Name fortgesetzt hat bis zum guten Papst Johannes, den die Eltern, Verwandten oder Freunde noch selbst erlebt haben“ (Kronzeugen der Freiheit. Über die Verehrung der Heiligen. Johannes-Verlag, Leutesdorf 1968, S. 54).

# „Sein Name ist Johannes“

Das Lukasevangelium erzählt uns die schöne Geschichte von der Geburt und Namensgebung Johannes' des Täufers (Lk 1,57–80):

Elisabet, eine Frau aus dem Geschlecht Aarons, brachte einen Sohn zur Welt. Die Verwandten und Freunde wollten, dass das Kind Zacharias genannt wird. Denn so hieß auch der Vater. Doch Elisabet sagte: „Nein. Wir werden ihn Johannes nennen!“

Dieser Name gefiel den anderen nicht. Deshalb fragten sie Zacharias: „Wie soll das Kind heißen?“ Weil Zacharias stumm war, ließ er sich eine kleine Tafel geben. Darauf schrieb er: „Sein Name ist Johannes.“

Von diesem Augenblick an konnte Zacharias wieder sprechen. Und er begann, Gott zu loben und wie ein Prophet zu sprechen: „Gelobt sei Gott, denn er schenkt uns einen Retter, der uns den Frieden bringt. Und du, mein Kind, wirst vor ihm hergehen und ihm die Wege bereiten.“

# Der Name ist etwas Großes

Nur der ist tot,
der keinen guten Namen hinterlässt.

*Persisches Sprichwort*

Name ist Schall und Rauch,
umnebelnd Himmelsglut.

*Johann Wolfgang von Goethe (Faust)*

Sich einen Namen machen.

*Sprichwörtliche Redensart nach 2 Samuel 8,13*

Ein Name ist nichts Geringes.
Hat doch Napoleon
eines großen Namens wegen
fast die halbe Welt in Stücke
geschlagen.

*Johann Peter Eckermann*
*(Gespräche mit Goethe)*

# Monika – welch schöner Name!

Tragen Sie, liebe Leserin, vielleicht den schönen Namen Monika, wie die heilige Mutter des heiligen Augustinus? Oder kennen Sie jemanden unter Ihren Verwandten und Bekannten mit diesem ehrwürdigen Namen?

Bischof Georg Moser schreibt über diese Heilige: „Was war diese Monika für eine treue Christin und eine standhafte Beterin! Als ihr Sohn in Glaubensdingen noch unsicher tastete und sie sich darob sorgte, konnte ihr der Bischof Ambrosius versichern: ‚Sei ganz beruhigt, meine Tochter, ein Sohn so vieler Gebete kann nicht verloren gehen!' Und über diese vorbildliche Frau gibt es bewegende literarische Zeugnisse, nämlich in den ‚Bekenntnissen' Augustins.

Ein heranwachsendes Mädchen Monika, das davon hört und darüber liest, wird seinen Namen wie eine Erhöhung empfinden und als eine schöne Verpflichtung tragen" (Kronzeugen der Freiheit. Über die Verehrung der Heiligen. Johannes-Verlag, Leutesdorf 1968, S. 54).

# *Gott trägt uns mit sich*

Nicht nur uns und unseren Eltern, unseren Bekannten und Freunden ist unser Name wichtig, sondern auch Gott. Seit unserer Taufe gehört jeder Einzelne zu ihm wie die Kette zum Fahrrad oder das Wasser zum Fisch.

Es gibt einen Satz in der Bibel, der die innige Verbindung von Gott und einem jeden von uns zum Ausdruck bringt. Da sagt Gott: „Ich habe dich bei deinem Namen gerufen: du bist mein!" So heißt es im Buch Jesaja im 43. Kapitel, Vers 1.

Gott trägt uns mit sich, er vergisst keinen von uns. Durch die Taufe sind wir für immer sein Kind.

# *Ins Buch des Lebens*

Nun schreib ins Buch des Lebens,
Herr, ihre Namen ein
und lass sie nicht vergebens
dir zugeführet sein.

Auch präge jedem Kinde
dein Wort recht tief ins Herz,
dass es, bewahrt vor Sünde,
dir dien' in Freud und Schmerz.

Du, der du selbst das Leben,
der Weg, die Wahrheit bist,
uns allen sollst du geben
dein Heil, Herr Jesu Christ.

*Melchior Vulpius*

# *Gottes Wege sind geheimnisvoll, aber sinnvoll*

In Stille und großer Dankbarkeit denken wir am Namenstag auf unser bisheriges Leben zurück. An Überraschungen und Enttäuschungen, Misserfolgen und Niederlagen hat es nicht gefehlt. Manchmal haben wir uns die Fragen gestellt: Warum? Warum so? Warum gerade ich? Wie lange noch? Doch es gab keine fertigen Antworten auf die Fragen.

Aber eines haben wir im Auf und Ab unseres Lebens immer wieder spüren dürfen: Gottes Wege sind zwar geheimnisvoll, aber sinnvoll. Gott hat uns unsere Sorgen und Nöte nicht abgenommen, aber er hat uns die Kraft gegeben, sie zu tragen, zu ertragen.

Paul Claudel (1868–1955), der französische Dichter, betont: „Gott ist nicht gekommen, das Leid zu beseitigen, er ist nicht gekommen, es zu erklären, sondern er ist gekommen, es mit seiner Gegenwart zu erfüllen."

*Gottes Liebe ist immer größer,*
*als unser Leid sein kann.*

*Franz von Sales*

# Auf der Durchreise

Eine jüdische Geschichte erzählt: Zu Rabbi Hofetz Chaim kam ein Besucher, um sich einen Rat zu holen. Als der Gast jedoch sah, dass der berühmte Rabbi nur ein winziges Zimmerchen hatte, fragte er den Rabbi: „Meister, wo habt Ihren denn Euren Hausrat, Eure Möbel und Eure Wohnräume?"

„Wo haben Sie denn Ihre?", entgegnete der Rabbi.

„Meine?", fragte der verblüffte Gast. „Ich bin doch nur auf der Durchreise."

„Ich auch", erwiderte lächelnd der Rabbi.

Auch wir sind hier nur auf der Durchreise. Mit jedem Tag, den wir erleben dürfen, kommen wir Gott ein Stück näher. Ob dies kein Grund zur Freude ist? Vielleicht gerade an Ihrem Namenstag?

*Wer zu Gott unterwegs ist,*
*geht von einem Neubeginn zum andern.*

*Frére Roger*

# Mit Gott als Begleiter

Mit Gott als Begleiter
verirrst du dich nicht,
denn er ist der Streiter
für Wahrheit und Licht!

Ihm sollst du vertrauen
und seinem Gebot,
auf ihn kannst du bauen
in jeglicher Not!

*Friedrich Morgenroth*

# *Über sechs Milliarden*

Über sechs Milliarden:
So viele Menschen
gibt es auf Gottes schöner Erde.

Über sechs Milliarden:
Das sind so viele Gesichter,
wie Sterne am Himmel stehen.

Über sechs Milliarden:
Von den vielen Menschen
ist keiner dem anderen gleich.

Über sechs Milliarden:
Das sind Alte und Junge,
Gesunde und Kranke,
Begabte und weniger Begabte ...

Über sechs Milliarden:
Keiner kennt alle Menschen,
doch Gott kann jeden beim Namen nennen.

# In der Nähe des heiligen Gottes

Wie schön ist es, wenn ein Mensch den Namen eines Heiligen (oder von einem Heiligen abgeleiteten Namen) trägt! Bischof Georg Moser sagt dazu:

„Ein Name ist nicht Schall und Rauch. Gott kennt unsere Namen. Und gewiss liebt er die Namen besonders, die seine treuen Freunde, die Heiligen, in ihrem gehorsamen Dienst zum Leuchten brachten.

‚Ich rufe dich bei deinem Namen, mein bist du!', verkündet uns Gott durch den Mund des Propheten Isaias. Wollen wir Gott für seinen Anruf nicht Namen anbieten, auf denen schon der Glanz gelebter Gottesliebe liegt?

Unter heiligen, erhabenen Vorzeichen finden wir leichter unseren Weg in die Nähe des heiligen Gottes" (Kronzeugen der Freiheit. Johannes-Verlag, Leutesdorf 1968, S. 55).

# *Gedanken am Namenstag*

Gott hat jeden von uns,
wie der Prophet Jesaja sagt,
bei *seinem* Namen gerufen,
nicht beim Namen eines anderen.
Deshalb muss ich auch nicht
das Leben eines anderen verwirklichen,
sondern mein Leben.
Und wenn ich einst
dem Schöpfer gegenübertreten
und mein Leben als erfülltes Leben
zurückgeben soll,
dann wird er mich nicht fragen:
„Was hast du im Vergleich
zu dem und jenem gemacht?",
sondern er wird mich fragen:
„Was hast du aus deinem Leben gemacht?"

# *Mein Name in anderen Ländern*

Ist Ihnen schon aufgefallen, dass die wichtigsten Namen in fast allen europäischen Ländern vertreten sind? Es ist schön, daran zu denken, dass auch Namen über Grenzen hinweg ein Bindeglied sein können. Ein Hans, ein John, ein Jean, ein Iwan, ein Janos werden sich erfreut die Hände schütteln, wenn sie entdecken, dass sie den gleichen Namen tragen.

Viele Namen sind in anderen Sprachgebieten ebenso beliebt wie bei uns. Oft klingen sie gleich oder fast gleich, manchmal ganz anders. Hier einige Beispiele (Abkürzung für französisch: fr., englisch: e., italienisch: it., slawisch: sl., ungarisch: ung., russisch: russ., spanisch: sp., niederländisch: nl.):

**Andreas** – fr. André, e. Andrew, it. Andrea, sl. Andrzej, Ondra, ung. Andras(y).

**Elisabeth** – fr. Lisette, Alison, e. Alice, Eliza, Lizzy, Isabel, Bess, sp. Isabelle, ung. Erzsebet, sl. Lisinka, russ. Jelisaveta.

**Heinrich** – fr. Henri, Riquez, e. Henry, it. Enrico, Enzio, sp. Enrique, sl. Jendrich, Heinusch.

**Michael** – fr. Michel, e. Mike, sp. Miguel, it. Michele (Michelangelo = Engel Michael), poln. Michal.

**Stefan** – fr. Etienne, sp. Estévan, ung. Istvan, sl. Stepan, Sczepan.

**Susanne** – fr. Susette.

**Thomas** – fr. Thomé, e. Tom(my), it. Tommaso.

**Ursula** – fr. Ursule, Ursuline.

**Ute** – fr. Odette.

# Segensgebet am Namenstag

Herr, sei *vor* mir,
um mir den richtigen Weg zu zeigen.
Herr, sei *neben* mir,
um mich in die Arme zu schließen
und mich zu schützen
gegen Gefahren von links und rechts.
Herr, sei *hinter* mir,
um mich zu bewahren
vor der Heimtücke böser Menschen.
Herr, sei *unter* mir,
um mich aufzufangen, wenn ich falle,
und mich aus der Schlinge zu ziehen.
Herr, sei *in* mir,
um mich zu trösten,
wenn ich traurig bin.
Herr, sei *um mich herum*,
um mich zu verteidigen,
wenn andere über mich herfallen.
Herr, sei *über* mir,
um mich zu segnen.
Es segne mich der gütige Gott!
Amen.

*Überliefert*

# Bekannte Namenspatrone

Es gibt viele Tausende Vornamen. Im Folgenden wird eine Auswahl von Vornamen angeführt, die in den letzten Jahrzehnten am häufigsten vorgekommen sind. Bei Namen mit mehreren Patronaten wird aus Platzgründen jeweils nur ein Heiliger als Namenspatron genannt.

Ist Ihr Name bei der folgenden Aufzählung nicht dabei, greifen Sie am besten zu den zahlreichen Namenstagsbüchern, die heute auf dem Markt sind. Sie enthalten neben den Namen oft auch die Kurz- und Kosenamen sowie die Lebensbeschreibungen der Heiligen.

**Andreas**
Andreas heißt im Griechischen: der Mannhafte. Er war ein Jünger Jesu und starb den Märtyrertod am Gabelkreuz. Namenstag: 30. November. Andere Formen: Andres, Endres, Dries, Drew.

**Anna**
Anna heißt im Hebräischen: Gnade, Gotteshuld, Anmut. Sie war die Mutter Marias und die Frau des Joachim. Namenstag: 26. Juli. Andere Formen: Anne, Änne, Antje, Anke, Nanne.

**Angelika**
Angelika bedeutet im Lateinischen: Engel, Engelsgleiche. Angela Merici (1474–1540) gründete unter dem Patronat

der heiligen Ursula einen Verein, der sich zum Ursulinenorden entwickelte.
Namenstag: 27. Januar. Koseform: Engel(chen).

**Barbara**
Barbara heißt im Griechischen: Barbarin, Fremde, Ausländerin. Die heilige Barbara starb im Jahr 308. Es gibt viele Legenden über ihr Leben. Sie ist die Patronin der Bergleute, Architekten und Artilleristen.
Namenstag: 4. Dezember. Andere Formen: Barbel, Bäbi.

**Beate**
Beate bedeutet im Lateinischen: die Selige. Die heilige Beate (Beata) stammte aus Spanien und erlitt nach der Überlieferung im Jahr 277 in Sens (Frankreich) den Märtyertod. Ihre Lebensbeschreibung weist viele ledendäre Züge auf. Seit dem Mittelalter entwickelte sich ein starker Kult um die Märtyrerin.
Namenstag: 29. Juni. Andere Formen: Beatrice, Beatrix.

**Bernd**
Bernd ist eine Kurzform von Bernhard und heißt im Germanischen: stark wie ein Bär, Mann mit Bärenkräften. Es gibt mehrere Heilige dieses Namens. Der berühmteste: Bernhard von Clairvaux (1091-1153), ein großer Prediger und Klostergründer.
Namenstag: 20. August. Andere Formen: Benno, Hardel.

**Brigitte**
Brigitte heißt im Altirischen: die Kräftige, Starke. Der Name geht auf zwei Frauen zurück: die heilige Brigida (gest. 503), Patronin von Irland – und die heilige Brigitta oder Birgitta von Schweden (1303–1373), Gemahlin von Ulf Gudmarson, Klostergründerin.
Namenstag: 23. Juli. Andere Formen: Britta, Gita, Gitte.

**Christian**
Christian heißt im Lateinischen: der Christ. Der heilige Christian (um 1180–1245) war Zisterziensermönch und missionierte bei den heidnischen Preußen. Papst Innozenz III. weihte ihn 1215 zum Missionsbischof.
Namenstag: 4. Dezember. Andere Formen: Kirsten, Kerst(en), Karsten, Krischan.

**Christine/Christina**
Christine bedeutet im Lateinischen: die Christin. Die heilige Christine war eine Märtyrerin des 3. Jahrhunderts.
Namenstag: 24. Juli. Andere Formen: Christiane, Stine, Tina, Tini.

**Dieter**
Dieter stammt vom alten deutschen Heldennamen Dietrich, norddeutsch: Thidrek, d.h. Volkskönig. Der heilige Dieter war Priester im Franziskanerkloster Gorkum/Holland und starb 1572 zu Briel den Märtyrertod.
Namenstag: 9. Juli.

**Elisabeth**
Elisabeth heißt hebräisch: Gott hat es geschworen oder: Gott ist mein Eid. Die heilige Elisabeth, Landgräfin von Thüringen und Tochter des ungarischen Königs Andreas II., starb 1231. Ihre große Wohltätigkeit und Nächstenliebe wird in vielen Legenden erwähnt.
Namenstag: 19. November. Andere Formen: Elise, Betty, Bettina, Ebbe, Liesel, Lilli.

**Erich**
Erich heißt germanisch: der Ehrenreiche. Der heilige Erich ist Landesheiliger Schwedens. Er war von 1150–1160 König, tat viel für den christlichen Glauben und wurde von einem dänischen Prinzen ermordet.
Namenstag: 10. Juli (früher 18. Mai).

**Eva**
Eva heißt im Hebräischen: Leben, die Leben Gebende. Adam und Eva werden beide als Heilige verehrt am 24. Dezember.
Andere Formen: Evelyn, Eveline.

**Frank**
Frank heißt germanisch: der Wurfspeerträger oder: der Freie oder: aus dem Volk der Franken. Der Name Franz dagegen stammt vom italienischen Francesco = Franzose. Er geht auf den heiligen Franz von Assisi (1182–1226) zurück, den großen Ordensgründer. Seine Predigten und die Demut gegenüber allen Geschöpfen wirken bis heute.
Namenstag: 4. Oktober.

**Friederike**
Friederike ist die weibliche Form von Friedrich. Der heilige Friedrich (im Germanischen: der Schutzherr, der Friedensfürst) war Bischof von Utrecht und wurde um 835 ermordet. Namenstag: 18. Juli. Andere Formen: Frieda, Frigga, Fritzi, Rieke, Rickli.

**Gabriele**
Gabriele ist die weibliche Form von Gabriel (hebräisch: die Gotteskraft). Gabriel ist einer der höchsten himmlischen Geister, der Maria, den Hirten und Josef im Traum Gottes Botschaft verkündet.
Namenstag: 29. September.

**Gerhard**
Gerhard bedeutet im Germanischen: Speerstark. Der heilige Gerhard war Abt in Venedig, dann Missionar in Ungarn, wo er 1046 ermordet wurde.
Namenstag: 24. September. Andere Formen: Gerd, Gerke.

**Gisela**
Gisela heißt germanisch: Geisel, Mädchen von edler Abstammung, Edelfräulein. Die heilige Gisela war eine Schwester Kaiser Heinrichs II. und die Frau des heiligen Stephans von Ungarn. Sie hatte große Verdienste um die Bekehrung der Magyaren und starb als Witwe und Äbtissin um 1060 in Passau.
Namenstag: 7. Mai.

**Günther/Günter**
Günther bedeutet germanisch: Kampfesheld. Der heilige Günther war ein thüringischer Ritter, später ein großer Bußprediger und starb 1045.
Namenstag: 9. Oktober.

**Hans**
Hans ist die Kurzform von Johannes (im Hebräischen: Gott ist gnädig). Johannes war der Sohn der schon betagten Eltern Zacharias und Elisabet und taufte Jesus im Jordan.
Namenstag: 24. Juni. Andere Formen: Hannes, Han, Henke, Jan, Jens, Hansli (schweiz.), Schani (österr.).

**Heidi**
Heidi ist die Kurzform von Adelheid (griechisch: Frau von edler Gestalt). Die heilige Adelheid (931–999) war die Tochter Rudolfs II. und die Frau König Lothars von Italien. Nach dessen Tod heiratete sie König Otto I. und wurde später Kaiserin. Sie war eine christliche Landesmutter und Klostergründerin.
Namenstag: 16. Dezember. Andere Formen: Aleit, Heide, Liddi.

**Heinrich/Heinz**
Heinrich heißt germanisch: Fürst des Heimes. Kaiser Heinrich (973–1024) war ein tieffrommer Staatsmann und der Gründer vieler Klöster und Kirchen.
Namenstag: 13. Juli. Andere Formen: Heino, Heiner, Hinz, Heinke, Henke(l).

**Hermann**
Hermann bedeutet im Germanischen: Heeresmann. Der heilige Hermann Josef lebte von 1150–1241 in Köln und in der Eifel. Er war ein Priester mit besonderer Marienverehrung.
Namenstag: 21. Mai. Andere Formen: Hermi, Harm, Hesse, Hemmo, Haro.

**Inge**
Inge ist die Kurzform von Ingeborg (germanisch: die durch den Gott Ingwio Geschütze). Die heilige Ingeborg (um 1180–1237) war zur Zeit der Merowinger Königin der Franken. Von ihrem Gemahl wegen Kinderlosigkeit verstoßen, lebte sie fromm und tat gute Werke.
Namenstag: 30. Juli.

**Ingrid**
Ingrid bedeutet germanisch: die Gottesstreiterin. Die selige Ingrid Elovsdotter war Mitgründerin des Dominikanerinnenordens in Skenninge/Schweden und starb 1282.
Namenstag: 2. September.

**Joachim**
Joachim heißt im Hebräischen: Gott lässt erstehen oder: Gott wird ihn aufrichten. Nach uralter Überlieferung stammte Joachim aus dem Hause David. Er war der Mann der heiligen Anna und der Vater Marias.
Namenstag: 26. Juli. Andere Formen: Achim, Jochen, Jochim.

**Jürgen**
Jürgen ist die niederdeutsche Form von Georg (germanisch: Landmann, Bauer). Der heilige Georg (gest. 303), einer der 14 Nothelfer, soll Oberst einer römischen Legion gewesen sein. Seine Drachentötung ist Legende. Er war einer der letzten Märtyrer der altrömischen Christenverfolgung unter Diokletian. Schutzheiliger Englands. Namenstag: 23. April. Andere Formen: Jörg, Jörn, Girg(l), Görres, Schorsch.

**Julia**
Julia bedeutet lateinisch: die Heitere. Die heilige Julia (Lebenszeit unbekannt) wurde von heidnischen Korsen gekreuzigt. Sie ist die Nationalheilige Korsikas. Namenstag: 22. Mai. Andere Formen: Julie, Juliana.

**Karin**
Karin ist die Kurzform von Katharina (germanisch: die Reine). Die heilige Katharina von Alexandria (gest. 307) gehört zu den 14 Nothelfern. Sie ist die Patronin der Universitäten, Wagner und Müller. Namenstag: 25. November. Andere Formen: Katrin, Katti, Kathrein, Käthe.

**Karl**
Karl heißt germanisch: tüchtiger Mann, frei, nicht ritterlichen Standes. Der heilige Karl Borromäus (1538–1584) war Adliger, Erzbischof von Mailand, ein großer Seelsorger. Namenstag: 4. November. Die weite Verbreitung des Namens (latinisiert: Carolus) geht auf Karl den Großen zurück.

**Klaus**
Klaus ist die Kurzform von Nikolaus (griechisch: Volksbesieger). Der heilige Nikolaus lebte im 4. Jahrhundert als Bischof von Myra in Kleinasien. Die Legende berichtet von seiner großen Wohltätigkeit. Nikolaus ist der Patron der Seeleute, Fischer, Kaufleute und Kinder.
Namenstag: 6. Dezember. Andere Formen: Niklas, Nickel, Niels.

**Maria/Marianne**
Maria heißt hebräisch Mirja, die von Gott Geliebte. Der Vorname der Mutter Jesu wurde aus Ehrfurcht erst seit dem 15. Jahrhundert allgemein gebräuchlich.
Namenstag: 8. September. Andere Formen: Marie, Marei, Mareile, Maja, Mia, Ria, Marielle. Marianne: Maria und Anna.

**Markus**
Markus bedeutet lateinisch: Sohn des Mars (andere Deutung: der Hammer). Der heilige Markus ist der Verfasser des zweiten Evangeliums. Er war ein Schüler des Petrus und wurde als Bischof von Alexandria von Heiden grausam ermordet (um 67).
Namenstag: 25. April. Kurzform: Mark, Merk(le).

**Martin**
Martin bedeutet lateinisch: der Kriegerische. Der heilige Martin (316–197) war Sohn eines römischen Tribuns, wurde mit 18 Jahren getauft, teilte laut Legende seinen Mantel mit einem frierenden Bettler, gründete das Kloster in Tours, wo er Bischof wurde.

Namenstag: 11. November. Andere Formen: Märten, Marti, Märti (alemann.).

**Michael**
Michael heißt hebräisch: Wer ist wie Gott? Er ist der den Luzifer stürzende Erzengel, der Beschützer der Kirche und des Christenvolkes gegen die Gewalt des Teufels, meist dargestellt als Drachentöter mit Flügeln. Namenstag: 29. September. Andere Formen: Michel.

**Monika**
Monika heißt griechisch: die Einsame oder lateinisch: die Mahnende. Die heilige Monika (332–387) war Mutter des heiligen Augustinus, bekehrte durch ihre vorbildliche Haltung ihren Mann Patritius, folgte ihrem Sohn nach Mailand und erbetete seine Bekehrung.
Namenstag: 27. August. Andere Formen: Moni, Mona.

**Peter/Petra**
Petrus heißt griechisch: der Fels. Der heilige Petrus wurde von Jesus zum Apostelfürsten ernannt, war Gründer der Christengemeinde von Antiochien (35) und von Rom (42), starb für Jesus den Kreuzestod (67).
Namenstag: 29. Juni. Andere Formen: Pieter, Pietsch, Petschke (schles.).

**Rainer**
Rainer ist meist die Kurzform von Reinhard und heißt germanisch: durch Rat stark. Der heilige Rainer war Dominikanermönch und Prediger und starb 1160 in Pisa.
Namenstag: 17. Juni.

**Regina**
Regina bedeutet lateinisch: Königin. Die heilige Regina erlitt in Alise-Ste_Reine (Frankreich) als christliche Jungfrau den Märtyrertod (um 250).
Namenstag: 7. September. Andere Formen: Regel, Rega, Gina, Ina.

**Robert**
Robert heißt germanisch: der Ruhmglänzende. Andere Form von Rup(p)ert oder Rupprecht. Der heilige Robert Bellarmin (1542–1621) aus Montepulciano (Toscana) war Jesuit, später Kardinal in Rom, leistete der Kirche wichtige Dienste in der Auseinandersetzung über die Reformation und schrieb berühmte Bücher.
Namenstag: 17. September.

**Rolf**
Rolf ist die Kurzform von Rudolf, germanisch: Ruhm und Wolf. Der heilige Rudolf stammte aus vornehmem Geschlecht, war erst Mönch, dann Bischof von Gubbio und starb 1064.
Namenstag: 17. Oktober. Andere Formen: Rolof, Rollo.

**Sabine/Sabina**
Sabine bedeutet lateinisch: die Sabinerin. Die heilige Sabina wurde nach der Legende um 126 in Rom enthauptet. Namenstag: 29. August. Andere Formen: Bina, Bine, Wina.

**Stefan**
Stefan heißt im Griechischen: Kranz, Krone. Der heilige Stefan reizte mit seinem Bekennermut den Zorn der Juden. Der Erzmärtyrer wurde als Lästerer zum Tod durch Steinigung verurteilt – der erste Christ, der für Jesus sein Leben gab. Namenstag: 26. Dezember. Andere Formen: Steff(en), Steffel.

**Susanne**
Susanne heißt hebräisch: Lilie. Die heilige Susanne (Susanna) starb in Rom als christustreue Jungfrau den Märtyrertod (um 304).
Namenstag: 11. August. Andere Formen: Sanna, Suse (Susi).

**Sylvia**
Sylvia bedeutet lateinisch: Freundin des Waldes. Die heilige Sylvia war die Mutter von Papst Gregor I. und starb um 592.
Namenstag: 3. November. Andere Formen: Silvie.

**Thomas**
Thomas bedeutet hebräisch: Zwilling. Der heilige Thomas Morus, geb. 1478 in London, war Lordkanzler Heinrichs VIII., widersetzte sich der Kirchenpolitik des Königs und wurde 1543 wegen Hochverrats enthauptet. Er ist der Märtyrer der Gewissensfreiheit.
Namenstag: 22. Juni.

**Ulrike**
Ulrike ist die weibliche Form von Ulrich, germanisch: Herr des Erbes. Der heilige Ulrich (890–973) war Bischof von Augsburg, Reichsfürst und verteidigte ohne Waffen die Stadt Augsburg hoch zu Ross gegen die Ungarn. Er war ein großer Wohltäter, Förderer von Bildung und genialer Seelsorger.
Namenstag: 4. Juli.

**Ursula**
Ursula heißt lateinisch: kleine Bärin. Die heilige Ursula starb mit anderen Jungfrauen im 4. Jahrhundert in Köln den Märtyrertod.
Namenstag: 21. Oktober. Andere Formen: Ursel, Ursi, Urzilli (schweiz.).

**Ute**
Ute ist eine andere Form von Oda, germanisch: das Erbgut. Die heilige Oda war Herzogin, lebte als Witwe den Werken der Barmherzigkeit und starb im Jahre 634 in Amay (Belgien)
Namenstag: 23. Oktober. Andere Formen: Ota, Uta.

**Wolfgang**
Wolfgang heißt germanisch: einem angreifenden Wolf ähnlich. Der heilige Wolfgang (924–994) war als Bischof von Regensburg (dessen Patron er ist) ein großer Förderer der Klöster und des Bildungswesens.
Namenstag: 31. Oktober. Andere Formen: Wolf, Kehrform: Gangolf.

# Inhalt

# Weitere Bücher von Reinhard Abeln im Fe-Medienverlag

**Großeltern sind wie Regenschirme**

Vom rechten Umgang mit Enkeln

ISBN 3-928929-97-6
144 Seiten, 6,95 €

**Abends, wenn ich schlafen geh**

Gutenachtgebete

ISBN 3-928929-84-4
32 Seiten, 2,00 €

# Der Autor

Reinhard Abeln, Dr. phil., Jahrgang 1938, verheiratet, zwei Kinder; Studium der Philosophie, Pädagogik, Psychologie und Anthropologie; Redakteur i.R., Referent in der Erwachsenenbildung; Verfasser zahlreicher Schriften über Lebens-, Ehe- und Erziehungsfragen, Autor religiöser Kinderbücher; lebt in Stuttgart.